KB188280

눈 내리는 오후엔 너를 읽는다

시작시인선 0510 눈 내리는 오후엔 너를 읽는다

1판 1쇄 펴낸날 2024년 9월 27일
지은이 고경옥
펴낸이 이재무
기획위원 김춘식, 유성호, 이형권, 임지연, 차성환, 홍용희
책임편집 박예솔
편집디자인 민성돈, 김지웅, 정영아
펴낸곳 (주)천년의시작
등록번호 제301-2012-033호
등록일자 2006년 1월 10일
주소 (03132) 서울시 종로구 삼일대로32길 36 운현신화타워 502호
전화 02-723-8668
팩스 02-723-8630
블로그 blog.naver.com/poemsijak
이메일 poemsijak@hanmail.net

ISBN 978-89-6021-780-5 04810
978-89-6021-069-1 04810(세트)

값 11,000원

*이 시집은 2024년 인천문화재단 예술창작지원사업에 선정되어 발간되었습니다.

눈 내리는 오후엔 너를 읽는다

고경옥

천년의 시작

시인의 말

안개 낀 이니스프리 호수에서
예이츠를 만날 수 있을 거란
무모한 확신이 들자
호수의 살결이 촘촘하게 밀려와
가슴속에서 문장이 된다.

설레는 것들을 끌어다
이 가을, 별을 켠다.

24년 시월에

차 례

제1부

제2부

제3부

제4부

해 설

제1부

현玄

바다에 바싹 가슴을 대면
고요가 천천히 몸을 더듬는다
낚싯대를 깊게 내리우고
멍하니 앉아 있는 건
물고기를 낚는 맛보다
물의 이력이나
그의 숨결을 가늠하기 딱 좋은
찰나이기 때문이다
거기다 오래 들여다보고 있으면
그 속에서 바글대는 별과 달이
가닿기 힘든 먼 사람의 안부만큼
바스락거린다
물살을 살살 헤집고 별 하나씩 건져 내다
재수 좋은 날엔 주룩,
자음과 모음들이 딸려 나온다

잉크가 채 마르지 않은
긴 문장을 낚는 날엔
그만 죽어도 좋을 듯 어둠이 환하다

그리운 고스톱

명절이면 시집, 장가 간 삼 남매 모두 모여
엄마 옆에 동그랗게 앉아
고스톱을 치던 때가 있었다
두레밥상에 둘러앉아 음식을 나누듯
화투 패를 반듯하게 나누던 밤
엄마, 남동생, 신랑 그리고 뭣도 모르면서
광이나 피를 팔려고 끼는 초짜가
최대한 심오하게 불을 지피던 시절이다

어머니 똥 싸셨어요
자네 죽었구먼
넌 피박이야

언뜻 들으면 살벌하고 버릇없는 말들이지만
그저 재미있고 우스워서
까르르 방바닥을 두드리며 웃었다
생밤보다 하얗게 윤기 나던
되돌리고 싶은 그 밤,
손맛 듬뿍 밴 감주와
따뜻하게 데운 전을 연신 내오던

작은올케도 마냥 푸르렀었다

동백나무 꽃을 살피러
베란다를 오가며 빙글 웃으시던 아버지는
먼 하늘나라 몇 번지에서 여전히
꽃들에게 물 주고 계실 테고
구순이 넘은 엄마는 이제
그 좋아하던 고스톱을
서서히 잊어 가고 있는 중이다

어깨를 기울이고 둥글게 앉아
빠진 배꼽 잊은 채 웃는 모습들을 떠올리자
베란다를 오가던 아버지 발걸음 소리가
풍경 소리처럼 댕강 귓가로 스민다

영정 속 아버지

오징어를 굽다가 알았다
구우나 안 구우나 똑같은 오징어지만
분명 모양은 달라진다는 걸

뜨거운 불 위에서
온몸이 구부러지고 뒤틀려도
둘러앉아 바라보고 있는 식솔들을 위해
뼈와 살을 스르르 접는 오징어

식솔들의 입속에서
야금야금 사라져도
그는 끝까지 바다를 헤엄치는
당당하고 뼈대 곧은 사내다

타고 남은 건
아버지 목소리가 전부지만
영정 속에선 여전히 바다가 파랗다

카이로스

달콤한 것을 떠올려 보라고 하면
꼭 첫 키스 생각이 난다
지금 생각해도 소름이 돋으며
으스스 달콤하다
리본이 달린 연둣빛 원피스에
굽이 날렵한 하이힐을 신고
단발머리가 백일홍 같았던
칼끝같이 아슬하고 푸르렀던 시절,
모든 걸 타르로 덮어 버려도
잊을 수 없는 소나무 아래에서의 기억

내게 달콤한 것은 초콜릿이 아니라
그 후론 다시는 맛볼 수 없는 첫 키스다

사랑인지 아닌지
그리움인지 아닌지
가늠할 틈도 없이 이미 심장 한켠에
화인火印된 카이로스

눈 내리는 오후엔 너를 읽는다

서랍 속에 넣어 두었던 말들이
눈이 되어 내리는 날
비문투성이의 발자국들이
길 위에 가득하다
철자나 띄어쓰기가 뒤엉킨 채로
문장들이 휘날리다가 허공에서
주춤 멈추기도 하지만
빠르게 발등이나 보도블록 위에서
쉽게 잊힌 약속처럼 녹는다
누구도 알아채지 못한 글자들이
집중하거나 골몰하지 않아도
유난히 선연하게 보이는 오후,
길 위에서 울고 싶은 걸 참느라
오른쪽인지 왼쪽인지 모를
가슴팍 어딘 가쯤이 뜯어지면서
실밥이 터진다

눈이 내리는 건 숨겨 둔 말들이 떨어지는 것

가차 없이 부딪쳐 피 흘리는 상념

그 하얀 피가 너라고 일기장에 썼던
붉은 밤들이 한꺼번에 휘날린다

길을 걷다가
미처 읽지 못한 문장들이 쏟아지는 걸
우뚝 서서 오래 읽는다
흐려진 눈을 씻고 그 하얀 피를 만지며
먼 곳의 눈[目]을 읽는 눈 내리는 오후

붉게 더 붉게

꽃게와 새우를 먹다가 문득
바다를 통째로 먹고 있다는 생각이 든다
꽃게 살을 발라 삼킬 때마다
새우 껍질을 까 입속에 넣을 때마다
점점 배 속이 영종도나 무의도가 된다
가끔은 파도에 쓸려 간 발자국까지 밀려나온다

곧 인어나 용궁의 소식까지 도착하고
어부가 빠트린 실패한 사랑이
수면 위로 떠올라 출렁거리기도 한다
시월엔 꽃게나 새우쯤은 먹어 줘야 한다며
한 아름 바다를 들이미는 사람

꽃게의 붉은 등딱지를 떼어 낼 때마다
새우의 붉은 껍질을 깔 때마다
그들은 왜 모두 붉은가 잠깐 골몰해 본다
파도를 헤치고 왔으므로
깊은 수심을 품었으므로
뒤척이며 쓴 편지들은 모두 붉은 거라고
혼자 끄덕거린다

>

부딪치고 견딜 때마다 붉어지는 나처럼
사랑한다고 몸서리칠 때마다 붉어지는 나처럼
통증은 아물 때 붉어진다
사랑은 머물 때 붉어진다

혹여 꽃게나 새우를 먹을 때
바다가 보낸 편지라는 걸 눈치챈다면
천천히 읽으며 답장을 써야 할 것

붉게 더 붉게

가는 12월

이집트 여행 중, 느닷없이 다리가 휘청거렸고 넘어지지 않으려고 애를 쓴 것뿐인데 오른쪽 손목뼈가 부러졌다

그해 12월은 잔인했다고 겨울이 다 가도록 수백만 번은 더 중얼거리며 잠을 버렸다 미소는 따스했고 위로는 안쓰럽게 등을 두드렸지만 덕담은 간혹 가시가 되어 콕콕 심장을 찌르기도 한다 이집트 아스완의 미완성 오벨리스크도 꿈은 있었을 게다 잘 다듬어지고 깎여 하늘의 기운을 담을 수 있길 소망했으리 서지도 못한 채 금이 간 탑, 그 금 간 소망 위로 밤마다 별들이 음습한 절망을 뱉는다 날이 밝아도 여전히 누워 있는 미완성 오벨리스크를 보겠다고 발자국들이 태연하게 모여든다 결국 금이 가야 완성된 볼거리가 되는 걸까 잔인하게 밟혀 가며 완성되어 버린 관광지

타국에서 흘리는 눈물은 얼음보다 차갑다

속눈썹이 긴 이집트 의사 오쌤은 이국 여자를 위로하듯 최선을 다해 석회를 바르고 만져 주고 만져 준다 오른팔은 결국 두툼한 오벨리스크가 되었다 깁스는 여행 내내 불안에 시달리게 했지만 신기하게도 희망을 주었다 집에 가서 아프고 싶다는 꿈으로 18시간의 비행도 결코 길게 느껴지

지 않았다 집에서라면 왼손 포크질이 안 되면 그냥 손으로 집어 먹으면 되고 올리거나 내리기 힘든 팬티는 입지 않으면 그만이다

견고한 석회 붕대를 감은 금이 간 오벨리스크를 밤마다 만지며 이집트의 마지막 파라오였던 클레오파트라와 람세스 2세가 사랑했던 네페르타리만은 알아들을 주문을 외운다

누군가 밟고 싶어 하는 구경거리가 되기 전에 뼈에 생각이 붙어 가는 12월이 간다

다시 저녁이 오는 것처럼

기온이 36도까지 올라가 뜨겁기만 한 여름날,
머리를 감고
읽다 만 시집을 편다
눈은 글자를 좇고 있지만
마음은 자꾸
지난가을 받지 않은 전화에 대해
푸성귀 같은 상념을 한다
그때 FM 음악 방송에선 기막히게 절묘하게도
김정호의 이름 모를 소녀가 흘러나온다
안 그래도 무명인 난 오래된 노래에 젖어
발끝까지 눅눅해진다
읽히지 않는 너처럼 지독히 읽히지 않는
시집을 그만 접어야 하나
노래는 끝나도
상념은 끝나지 않고
받지 않는 전화벨 소리는 검은 구름이 되어
비를 만든다
우스운 건
읽히지 않는 시집을 접지 못하는 것처럼
읽히지 않는 너를 끝내 접지 못하는 거다

다시 노래가 흐르고 다시 저녁이 오는 것처럼
비가 내린다

괜찮아

케미라이트가 솟아오를 땐 심장도 따라 솟는다 커피 향 마저도 소음이 될 것 같은 고요다 촘촘한 별들에게 그 향을 나눠 주고 싶지만 고요엔 틈이 없다 계속 한곳에 집중한다 생각조차 바다에 넣어 두고 끊임없이 기다리는 밤, 내게 골몰하는 달빛이 오래도록 몸 여기저기를 뒤지고 있고 바람은 코끝에 앉았다가 떠난다

다시 와 주길 바라는 게 물고기인지 사유인지가 궁금한 바다가 점점 검다

간절히 원했으므로 물고기는 오지 않는다 삼킬 듯 케미라이트를 바라보고 있지만 그건 오지 않아도 된다는 신호일 뿐, 낚싯대가 헐렁해도 잡고만 있어도 손맛이다 어둠이 꺼진 노트북 화면처럼 검고 하늘도 바다도 모두 어둡지만 환하다 침묵이 깊을수록 환한 달빛이 여전히 궁금한 사유를 찾아 몸 구석구석을 치열하게 뒤질 때

조금 전 아낌없이 보내 줬던 물고기가 다시 입질한다

오지 않아도,

다시 오지 않아도 괜찮아

>

하늘은 바다를 품고 바다는 지치지도 않고 하늘을 품고 있다

풍경은 그림이다

부평 미군부대 군용 열차가
더 이상 달리지 않는
풀이 수북이 자란 철길

오래된 고요 속을 혼자 걷는 건
하늘에게 안부를 전하는 일 같다

침묵에 발을 내딛는 순간
가을이 바르르 몸서리치며 한 겹 더 물든다
걸음을 멈추고 휴대폰을 꺼내
카메라 셔터를 눌러 몸서리를 저장한다

몇 발자국 더 떼자 한 폭의 수채화가
소리를 내고 있다
나뭇가지에 집게로 악보를 고정시켜 놓고
한 소녀가 바이올린을 켜고 있다
본 적 없는 숨 막히는 여백이다

모자를 눌러 써 얼굴은 보이지 않지만
단풍처럼 불그레한 볼이 살랑 보인다

달아나려고 애쓰는 가을의 옷깃을 끌어다
나뭇가지에 매단 풍경은 그림이다

악보가 잔잔하게 몸을 흔들 때마다
귀를 맑게 해 주는 소리가 귓가로 스민다
오가는 사람이 없는 빈 철길 한쪽에서
소녀는 선율들과 은밀한 대화를 나누고 있었나

방해하고 싶지 않아 발뒤꿈치를 든다
바이올린은 소녀가 켜는데
음표는 내가 된다
발자국을 뗄 때마다 햇살이 내려와
침묵 위에 선연하게 곡을 쓴다

바다가 익어 가는 소리

햇빛이 눈을 흘기며 모래사장 위를 달린다 한 번도 사랑한 적 없는 것처럼 사랑하며 웃었던 바닷가 모래사장엔 별들이 늘어난 게 분명해 밑줄 그어 놓았던 별들끼리 눈이 맞아 사랑을 하고 들썩이는 밤이 지속되고 아이를 낳고 물고기가 되고 모래가 되고 노을이 되었다는 파도의 전언을 듣는다 물고기도 되지 못하고 아이도 낳지 못한 난 다시 바다에 왔고 혼자고 여전히 햇볕이 따갑게 눈을 흘기며 상처도 사랑이라고 몸 여기저기를 찔러 댄다 다시 찾은 바다에서 여전히 변함없는 건 햇빛뿐이다 별들이 부풀거나 때론 터지거나 물고기가 되어 떠나 버린 뒤, 고개를 한쪽으로 갸우뚱 기울이고 사진을 찍고 엽서를 쓰고 웃고 있을 때 이미 노란 물감을 풀어 색칠하고 있는 넌 바다가 토해 낸 파도다 끈끈하게 밀려오는 파도를 목과 허리에 감고 완성하지 못한 가을 무렵을 위해 다시 물감을 짜고 글씨를 쌓고 밤이면 간간이 별이 순산한 작은 별들을 골라내 낚싯대를 벼려 하늘에 던지곤 한다 눈이 부셔 잠깐 찡그렸던 것뿐인데 넌 어느새 돌아서서 가을에 몰두하고 있다 미처 일별하지 못한 색들이 점점 흘러나와 술렁인다 두고 간 바다가 익어 가는 소리가 굵다 끓고 있는 밥솥이 팽창하려 하자 햇빛이 나무 뒤로 뒷걸음치며 발자국이 찍힌 모래 한 줌을 주머니에 집어넣는다

바다가 타르처럼 반짝이며 검게 출렁거릴 때마다 물고기들의 배 속에서 밥알이 익는다

양파를 까는 이유

부아가 늪처럼 끈적하게 부글대므로
돌아보니 텅 빈 어둠뿐이므로
두고 온 발자국이
발목부터 가슴까지 꾹꾹 밟고 올라오므로
베란다 빨랫줄에 걸어 둔 마스크가
립스틱이 사라진 입이 되어 버렸으므로
아고타 크리스토프의
존재의 세 가지 거짓말에 자꾸 골몰하므로
눈물이 흘러도 그냥 쓱 닦으며
미안합니다 말하지 않고도
곧바로 태연하게 웃을 수 있으므로
양파를 깐다
매워서 따가워서 지랄 같아서
양파를 깐다

자색紫色 양파 주홍 양파
단단한 양파 뾰로통 싹 난 양파
흐물흐물 썩어 정치하는 양파
네 속 같은 양파 내 변덕 닮은 양파

>

싱크대 앞에 서서 이유 없이 운다
아니, 이유가 선명해서 운다

양파 같은 세상 양파 같은 사람들
까고 자르고 씻어도
맵다 지독하게 맵다

바다는 왜 짠가

어부가 바다를 끌고 다닌다
뚫린 가슴속엔 물고기가 가득하고
목울대까지 차오른 설움으로
푸른 지느러미들을 세운다
노모가 돌아가신 날도
아들이 사고로 먼저 떠난 날도
꺼이꺼이 참아 낸 눈물을
바다를 끌고 다니면서 흘려 버린다
지나던 고래에게 한 줌
날아가는 갈매기에게 한 줌
저승 가신 노모의 한숨을 들려준다
어린놈이 아비를 두고 먼저 가다니
걸쭉한 울먹임에 바닷물이 더 짭조름해진다

배 위에서 하늘을 보고 싶어서
혼자 바다를 끌고 싶어서
구멍 난 가슴을 이리저리 뒤집어 꿰맨다
파닥거리는 등 푸른 희망을 놓치지 않으려고
비루한 시간을 썩지 않게 하려고
눈만 뜨면 바다로 떠난다

눈 속 가득 출렁출렁 짠물을 그러안고
바다에 심을 고요한 문장들을 챙긴다

어부가 끌고 다니는 바다는
어머니 품속이고 먼저 간 아들이다

다음 생生엔

베란다로 나갈 때마다 심란하다
손목이 부러져 일상에서 철저하게 밀려난 난
잘 살아 있는데 화초들은 모두 죽었다
벤자민, 여인초, 오로라, 커피나무, 크로톤
약속이나 한 듯 모두 잎이 말랐고
숨을 쉬지 않는다
마른 뿌리와 영혼들을 빠짐없이 챙겨 밖으로 나간다
아파트 화단에다 한 잎씩 땅속에 묻고
함께했던 화분의 흙들을 그 위에 뿌려 준다

손목이 부러졌다는 이유로
무심하게 방치했고 물도 마음도 주지 않았다
다리가 부러진 게 아니라 정말 다행이야
스스로 어떻게든 구실을 찾아 위로하며
잘 먹고 잘 살아서 갑자기 부끄럽다
나 대신 바짝 말라 죽어 버린 화초들
부디 땅속 깊은 곳에서
결 좋은 인연을 만나 다시 숨 쉬고 싹을 틔웠으면

다음 생生엔 먼저 말할 수 있고

누군가 주지 않아도 스스로 물을 마시는
잘 울 줄 아는 시인이 되거라

안스리움

식물 카페에 갔다가
그를 만났다
커피 향에 몰입하고 있을 때
저만치 왼쪽 탁자 끝에서
얼핏 그의 실루엣이 보인다
커피 향 따윈 잠시 접어 책갈피에 넣고
목을 최대한 빼고 쳐다보다가 일어나 다가간다
푸른 잎에 그 잎과 비슷한 모양의 붉은 꽃이
막 울고 난 듯 고개를 갸웃거리고 있다
안스리움, 그의 이름은 슬프다
안쓰럽고 아니라고 해도 한없이 시리다
집에 돌아오는 길에 화원에 들러
결국 안스리움을 사 들고 왔다
우리 둘 중 누가 더 안쓰럽고
누가 더 안 시릴까
당분간 그와 함께 남은 눈물을 흘릴 생각이다

더 이상 자라지도 꽃 피우지도 마라
딱 지금 이만큼만 안쓰럽고
꼭 지금 이만큼만 안 시리다가
나와 함께 가을을 보내자

포인세티아

표지가 푸른 시집을 읽다가
축복을 가져다준다는
포인세티아와 눈이 딱 마주쳤다
며칠 전 아파트 정문 앞에서
꽃나무 파는 할아버지에게 산 화분이다
화초를 조심스럽게 포장하면서
포인세티아는 크리스마스 꽃으로
축복을 가져다준다고 연신 말씀하신다
정말요?
초록 잎과 붉은 잎이 서로 볼을 비비며
맞는다고 끄덕이는 것 같다

아가씬 어디 살우?

모자를 푹 눌러쓴 까닭일까
아니면 할아버지의 노안 탓일까
환갑이 넘은 내게 아가씨라니

화분을 받아들자마자
빛의 속도로 축복이 와닿았다

리폼

기억하고 싶지 않은 것들을 골라
봉지에 넣고 묶어 버리거나
혓바닥을 최대한 동원해 지우려고
안간힘을 쓴 적이 있다
멈칫 낡은 가구를 앞에 놓고
두툼한 붓을 든다
기도 같은 건 필요치 않지만
손가락에 힘을 빼고
신중한 터치에 몰두한다
몰두하면 할수록
기억하고 싶지 않은 것들이
잠시 엷어지거나 사라진다
얼룩도 흠집도 분노도
페인트 앞에선 반항하지 못한다
혓바닥 앞에선
목을 빳빳하게 치켜들던 뻔뻔함도
빠른 붓질 아래선 그저
밑바닥에 불과할 뿐
한 겹 그리고 한 겹 때론
또 한 겹으로 너덜한 곳을 덮는다

세상에 용서 못 할 건 없다
거짓도 배신도 다 사람이 하는 일
페인트로 칠하고 덮는 사이
날이 밝는다

불갑사 가는 길

상사화가 만발했다기에
가을빛 닮은 셔츠를 입고
머리카락을 연필처럼 늘어트리고
불갑사에 간다

이런저런 향이 번져 나오는
절 입구를 지나
잠시 접어 둔 미소 한 방울을 머금고
우뚝 서 있는
상사화 우체통 앞에서 사진을 찍는다

분명 상사화는 피었는데
만발한 꽃은 눈에 들어오지 않고
다 말하지 못한 사연들만
붉게 더 멀리 붉게 빼곡히 써 있다

불갑사 가는 길은
책갈피에 끼워 두었다 펼친
미처 읽지 못한 오래된 편지다

제2부

사랑의 온도

물이 끓는 온도 100도
계란 흰자가 익는 온도 82도
노른자가 익는 온도 70~77도
꽃이 피는 온도 15~20도
특히 국화꽃은 좀 더 높은 온도인 30도에서 핀단다

사람과 사람의 눈이 마주치고
마음이 물결처럼 꿈틀대다가
손을 꼬옥 잡고 어깨가 스밀 듯 가닿고
입김과 입김이 저절로 합쳐지면서
꼭 맞게 가슴이 포개질 때의 온도는 37.2도

얼음이 어는 섭씨 0도까지
마음이 추락하지 않는다면
둘 사이에선 올록볼록 열매가 맺힐 것

니스 해변에선 샤갈의 냄새가 난다

니스 해변의 올 풀린 햇살은
애인의 입김 같다
목덜미를 스칠 때마다
그가 흥얼거리던 노래 소리가 몸속으로 스민다
비둘기 서너 마리가 다가오자
생폴 드 방스*에서 만난
샤갈의 냄새가 붉고 파랗게 밀려온다

눈을 살짝 감았다 뜨자
해변은 자유롭고
파도는 기쁠 때 흐르는 눈물처럼 뜨겁다
이국의 해변은 낯선 남자처럼 신비롭고
두서없이 몸을 기대고 싶어 엽서를 꺼낸다

파도 가장 가까운 곳에 앉아
남자의 입술 같은 와인을 마시며
단추를 하나씩 풀듯
바다를 끌어와 글자를 한 자씩 찍는다

니스 해변에선 샤갈의 냄새가 나고

떠나 버린 이름처럼 수평선이 아득하다

서성이는 비둘기 부리 위에
글자가 선명한 안부를 얹고
올 풀린 햇살을 잡아당겨 살그머니 올려놓는다

* 생폴 드 방스: 프랑스 니스에 있는 샤갈의 마을.

시선

장자를 듣는다
유튜브 채널에 눈을 맞추고
무릎을 세우고 앉아
편안한 자세로 철학자를 들여다본다
다시 다리를 쭉 뻗고
허벅지 위에 휴대폰을 올려놓고
장자에 몰입한다
그의 눈을 들여다보며
사유에 골몰하려는데
근엄한 철학자와
눈이 딱 마주치고 말았다
갑자기 맨살 위에서 도道를 말하는
철학자에게 미안하다
최소한 지적知的이어야 한다는 그의 말에
얼른 올라간 치마를 여미고
허벅지에 있던 철학자 얼굴을 들어
책상에 올려놓고
바른 자세로 강의를 듣는다

탁월한 사유의 시선*이다

* 『탁월한 사유의 시선』: 최진석 교수의 저서

여권

색색의 도장이 찍힌 페이지를 넘긴다
설레던 코카서스 3국
아파도 웃었던 뉴질랜드
발틱과 발칸, 몽골과 티베트의 향들이
파랗고 노란 발자국에 선연히 배어 있다

여권을 갱신하기 위해 사진을 찍는다
앞을 보세요, 턱을 살짝 내리고
웃어도 되지만 입은 꼭 다무세요
사진사가 다가와 어깨를 만지고
갸웃 이마를 만진다

저이는 미래를 내다보고 있는 게 분명해
완고한 눈매엔 오지 않은 세월이 고여 있다
지나가 버린 십 년처럼
죽음으로 더 가까워질 십 년 뒤가 차갑게
펼쳐졌다가 사라진다
다시 어느 낯선 사진관에서 사진을 찍고
옛날이 되어 버린 오늘을 떠올리며 눈을 감겠지
굴곡진 혹은 매끄러웠던 순간들을 더듬거리며

떨어져 나간 세포들을 떠올리겠지
48페이지의 여권에 찍힐
새로운 날들을 위해 사진을 찍는다
웃어도 되지만 입은 다물어야 한다는
사진사의 간곡한 주문대로 꾹 다물고
눈은 조금 더 크게 뜬다

십 년마다 여권을 갱신하고
사진을 찍는 것처럼
삶을 새롭게 바꾸려고 탁자를 닦으며
만년필의 펜촉을 갈아 끼운다

위선

은행나무 아래 똥 무덤이 수북하다
냄새도 색깔도 틀림없는 똥인데 열매다
시간을 삼키고
바람을 견디고
발자국들을 달 속에 밀어 넣으며
단단하고 견고한 몸으로 가을을 맞이하건만
그의 몸에선 숨길 수 없는 구린내가 난다
보이지 않는 후미진 곳에서 무슨 짓을 한 걸까
나뭇잎 뒤에서 혹은 뿌리 아래서
불온한 행위를 찔끔대며 살아온
손가락 사이사이 열매처럼 소름이 돋는다
지식과 격조를 이마에 내걸고 싶겠지만
관습처럼 몸에 밴 탐욕은
가을이 미처 다 가기 전에 바닥을 보인다
나도 너도 결국엔 열매가 되고 싶어
펜을 들기도 하고 음악에 심취하고 때론
소년처럼 악기를 연주한다

글자들이 열매라고 믿고 싶지만
책갈피 켜켜이에서

안달 난 사람의 연필심이
뼈 없는 빗줄기처럼 투둑 부러진다
달 속에 밀어 넣었던 발자국이
되돌아 걸어 나와 몸을 던질 때쯤
손가락에서 나는 냄새가 역겨워 스스로
숨을 끊는 연필심

위선마저도 허용되는
시월의 은행나무 길은 여전히 아름답다

맺히다

과일나무를 심다가
흙이 손에 닿자
너에게 처음 손이 닿았을 때처럼
막무가내로 설렌다

흙을 만지면서도
결국 가닿는 끝이 너라니

흙은 부드럽고 향긋해서
털어 내기 아까워 그대로 둔다
봄이 잔뜩 묻은 햇살이 잠시
부딪치고 간
흙 묻은 손가락 사이에서 빼꼼
단내 나는 앵두가 맺힌다
흙 같은 너인지
너 같은 흙인지
오늘은 무작정 열매를 맺을 생각에
언젠가 그랬던 것처럼
손을 얹고 마음을 다 준다

>

사랑이든 미움이든

다 주고 나면

울컥 맺히는 게 있다

꽃길만 걷다

살다 보니 바람이 분다

뭉크의 절규처럼 푸르고 붉은 색으로
뒤엉킨 바람이 분다
울거나 웃는 사이
때때로 비가 내리거나
철없이 눈이 내리기도 한다

초야의 밤 귓불이 익도록 깨물며
꽃길만 걷게 해 줄게
몸속에 씨앗을 집어넣던 남자

오래된 부부의
지켜지지 않는 약속은 죄도 아니다

자고 나니
접어 둔 일기장 같은 보도블록 위로
벚꽃 잎들 하얗게 깔려 있다

긴 머리 질끈 묶고

두부 한 모 사 들고 걷는 길,

무슨 복에

꽃길만 걷고 있다

소문

말들이 걷거나 뛰어다니는 걸 본다
입에서 나온 적 없는 말까지 합세해
그럴싸한 문장이 되어 삐뚤빼뚤
혹은 줄 맞춰 재빨리 걷는다
덧신이나 색색의 양말을 신지만
때론 맨발도 마다 않는 말들이
플라멩코나 탭댄스를 추듯 열정적으로
비틀거리거나 슬쩍슬쩍 스텝을 밟는다
경마장의 말보다도 빠르게
전염병처럼 일시에 퍼지며 드러눕기도 한다
오다가다 찰떡같은 궁합을 만나면
단번에 손 잡거나 정을 통해 연신 식구를 늘린다
금방 배가 부르고 계속 산란하는
발 없는 징글맞은 말들

골라 보는 맛

179번째다
제목처럼 가질 수 없다면 어찌 해야 하나
잠깐 궁금하다
화면 속엔 상관없는 사연이나
기대하지 않아도 꿈들이 이뤄지는 얘기들이
빠르게 스치는 자동차처럼 흐른다

그동안 몇 번의 감동과
셀 수 없는 눈물과
매력적인 사랑과 사람들을 훔쳐보며
다시 180번째 그리고 더 많이
별 기대 안 해도 밀려올 감동을 생각한다

몇 달째 넷플릭스에 열중하고 있다
《제인 에어》《폭풍의 언덕》《피아니스트》《그린 북》
오래전 본 것들을 설레며 다시 보기도 하고
한 편씩 넘기며 생각 없이 진지해 본다

영화를 골라 보는 맛은
사람의 마음을 열어 보는 일처럼 설렌다

그 집

제주도 골목길을 돌아 돌아
인터넷 검색으로 찾아간
카페에 들어서자
입구에 서 있던
책들이 먼저 문을 열어 준다

안쪽 창가에 앉아
시집 속 한 페이지 같은
잘 쓰인 바다를 읽고 또 읽는다
집은 커피 향과 창밖 바다가
미치도록 절창이다
바람의 손바닥으로 살살 쓸어 놓은 바다가
하염없이 행간으로 밀려 들어와
자음과 모음으로 스민다

유명한 작가의 책들만 있다는 그 곳
저도 시 써요 찍소리도 못 하고
커피 한 모금
바다 한 모금 섞어 마시며
햇살만 뒤적거리다 카페에서 나오려는데

유명한 작가들 사이
시인이라는 주인장의 시집이 보인다
집어 들고 카드를 내미는데
차가운 문장의 주인장 목소리

작가 사인이 들어간 시집은
현금만 받습니다

그 집에선 역시
창밖 바다만이 절창이다

잠시 멈춤

삼월, 봄은 자꾸 몸 여기저기를 두드린다 봄 햇살이 아까워 베란다로 나가 입술을 동그랗게 오므려 들이마시거나 눈을 크게 뜨고 스미게도 한다 코로나의 기세에 그토록 설레던 모로코 여행도 취소되었고 몇 개의 모임도 모두 무산된 이 봄날이 벼랑 끝 발자국처럼 위태롭다

어제는 베란다 한쪽을 꽉 채운 신발들을 정리하고 버리고 싶은 발자국들을 내다 버렸다 또 하루는 책장에 부질없이 서 있는 책들을 솎아 내고 서랍 속과 문구를 정리했다 그 다음 날은 화장실 천장까지 닦아 내고 장미꽃 몇 송이로 흠집 난 욕조를 문신했다 곁들여 낡은 마음 바닥 몇 군데를 스티커로 땜질하고 겨울 니트를 빨아 햇살을 잔뜩 먹여서는 안녕이란 단어처럼 접어 둔다 비루한 원고와 헛헛한 절망만으로 봄날을 빼앗길 순 없어 몸을 연신 움직인다

아직 봄은 촘촘하게 남아 있다
봄꽃들이 목 빠지게 그립고
박하 향 풍기는 연두가 그립다

배배 꼬이려는 몸을 펑펑하게 펴
햇살로 다림질하면서

베란다 창 앞에서 잠시 멈춰
한 입 크게 햇살을 베어 문다

달다

반짝이는 위태로움

햇살이 차르르
길 위로 떨어지는 초가을,
간신히 마음이 이어지고 있다
사는 일이 때론 위태로운 것처럼
앞으로 발을 내딛는 일이 불안하다
곧 추락할 기세로 흔들리는
산사의 풍경은
백 년이 가도 끄떡없다
그 백 년을 함께 살자는 약속도
추녀 끝에 매달려
오래도록 소리를 내려나

문들이 햇살로 익어
문살이 주홍빛이다

산사로 가는 길은
언제나 정갈하듯
햇살로 익은 문살에선
기도가 맑다
잔잔한 빛들을 끌어모아 쓸고 있는

스님의 등에서도 반짝,
위태로움이 흐른다

백 년이 넘어도 여전히
풍경 소리는 깊다

재료

버섯샤브샤브 사진을 카카오스토리에 올린
배 시인의 탱탱한 글을 읽는다
송이버섯이 걸어 나올 듯 싱그럽다
재료가 좋아야 음식이 맛있다는
배 시인의 글 끝맺음에서
삶에 있어서도 맛깔스러운 재료일 듯한
그녀가 겹친다
허술하고 시원찮은 '나'라는 재료론
무얼 할 수 있을까
탕, 무침, 튀김, 조림……
이런저런 음식을 떠올려 봐도 난감하다

시詩에 사랑에 때론 누군가에
적당량을 넣고 버무려 맛을 내려고
발뒤꿈치를 올리고 힘껏 골몰해 본다
맛있을까?

상처의 속도

햇빛 가까운 양지에서
세상을 일찍 알아 버린 영산홍의
바랜 입술을 본다
아직은 더 은밀하고 예뻐야 할 때인데
어찌 저리 되었누

또 다른 그늘진 한쪽에선
이제 막 진분홍 입술을 뾰족하게 내밀고
세상의 빛을 궁금해하는 밝은 소란騷亂이 있다
좀 늦었지만 이제 얼마 동안 입술을 오물거리며
한껏 자태를 뽐내겠지

햇빛 가장 가까운 곳에서 사랑에 빠져
남보다 일찍 몸을 연 꽃잎
빛바랜 입술이 늘어진 채 낡고 있다

세상을 먼저 안 만큼 상처의 속도도 빠르다

발신 중

시월이 가고
겨울이 가고
새해가 왔다고 하더니
어느새 서너 달이 휙 가 버린다
봄날이 삐죽 입술을 내밀 때도
역시 전화벨은 계속 울린다
받아야 해, 되뇔 때마다
여기저기서 전화선이 서로 꼬인다
아파트 방음벽을 타고 오르다
얼어 죽은 담쟁이들을 바라본다
이미 바싹 마른 백골이 되었지만
죽은 힘까지 그러모아 그대로 붙어 있다
어디로, 누군가에게 안부를 전하려고 꿈틀대다
저리 되었을까
오늘 걷다가 보았다
백골 사이에서 빠끔빠끔 나온 새싹들이
햇살을 뜯어 먹고 자라고 있다
한참을 그 앞에 서서 바라보다가
조심스레 만져도 본다
딸깍, 여보세요

곧 전화를 받을 것이고
마른 담쟁이 줄기에 피가 돌며
초록색 목소리가 흘러나올 것이다

전화벨이 울린다

긍정

바람보다 빠르게 오른쪽 손목뼈에 금이 갔다
다행이다
심장이 남아 있으니
뛸 듯이 기뻤다
남아 있는 심장을 위하여
염증 나지 않아야 하는 상처 부위를 위하여
쿨한 사이다로 소주처럼 건배를 한다
며칠이 지나자 금이 간 뼈만큼
점점 심장이 아파 왔다
왼손만으론
샤워도 머리 감기도 불편하고
바지를 끌어올리는 것도 버거웠다
왼손으로 간신히 밥 먹는 것도 추접스럽자
심장이 썩어 가기 시작한다
이럴 때 눈물은 치명적이지만
세수도 제대로 못한 부스스한 몰골을 보니
왈칵 소나기가 쏟아진다
점점 부러진 뼈를 원망하며 한숨을 쉬었다

그럴수록 사람을 지탱해 주는 건

긍정적인 주문뿐이라고
엄나무 순 향이 나는 사람이 말한다

다리가 부러지지 않아서
고관절이 나가지 않아서
뇌진탕에 정신을 잃지 않아서
얼마나 고마운지
아침, 저녁으로 되뇌기로 한다

포크를 써 왼손으로 밥을 먹으며
굶어 죽지 않았고
팬티를 우아하게 끌어 올리며
뒤처리를 완벽하게 한다

창문마다 주문처럼 긍정을 채워 넣고 있는데
다시 태양이 떴다
엄나무 순 향이 향긋하게 번진다

작은올케

포항 사는 남동생네서 택배가 왔다
상자를 열자 익숙한 향이
맑은 날 창가에서 들리던 새소리 같은
안부를 전한다

딩동, 오후 여섯 시에 초인종이 울린다
세 번째 시집 출간을 축하합니다
메모와 함께 꽃바구니가 빛보다 환하게
다가와 꼭 안긴다

그녀에게선 늘 향기가 난다
한라봉보다 꽃보다 잔잔하지만
호수 속보다 따스운 향

사골국, 인삼, 영양제, 꿀, 한라봉

때마다 막무가내로 미소와 정성을
풍성하게 버무려
우체국으로 달려가는 그녀

>

박스를 열어 놓고

잘 드셔야 건강해요

세상 애틋한 목소리로 이름을 부르며

어디에도 없는 마음을

소복소복 포장하는 작은올케

흉터

말할 수 없는 말하고 싶은 말해야 하는 말 때문에 가슴에 상처를 안고 산다 때론 잊으려고 잊어 보자고 잊은 척 살기도 하지만 그건 모든 상처에 상처가 더해져 두꺼워지는 절차일 뿐, 여름 어느 날 갈라진 방문턱에 페인트를 칠하고 광을 낸다 아무 일 없었다는 듯 완벽한 매끄러움과 색에 만족해하며 지그시 내려다보기도 하고 만지기도 하고 설핏 웃기도 한다

상처는 가려지는 것일 뿐 결코 사라지는 건 아니다

그 여름이 지나고 겨울이 막 지나가려는 한낮, 문득 벌어진 방문턱이 다시 눈에 들어온다 미세하게 벌어진 나무의 틈새가 찌르르 아프다 나처럼 그냥 견디며 좀 살지 그새 다시 벌어져 흉터를 내보인다 그래, 너도 말하고 싶은 게 있나 보구나 어지간히 견디다 울컥 토해 내고 싶어 보기 흉한 흉터 그대로 드러나도 어쩔 수 없을 때가 분명 있다 사는 게 엿 같다고, 막장 드라마 속 주인공이라도 되어 버릴 듯 잠깐씩 흥분하기도 하지만 창고 안에 넣어 둔 남은 페인트와 정교한 붓을 꺼낸다

자, 다시 시작하는 거야

제3부

구월

살짝만 발음해도
가을이 밀려오는 구월
아직 간간이 덥고
반바지에 티셔츠 차림이어도
우수수 나뭇잎이 물들 것 같고
곧 석양이 검게 변할 것 같고
뒤꿈치를 무는 가을이
무릎 위까지 올라올 듯 마음부터 으슬하다
성급해도 계절을 들이는 일에 주저하지 않고
모든 사유의 쓸쓸함이 내 것인 듯
가슴속 습한 구석들에 자초해서 구멍을 튼다

가을은 짧지만
나뭇잎이 한 잎 한 잎 물드는 구월은 느슨하다

혼자 있는 일엔 익숙해도
혼자 남겨지는 일엔 아픈 여자가
나뭇잎에 섞여서 물들려고 머리를 푼다
벌써 밤 익는 소리가 살캉살캉
만년필촉에서 새어 나온다

돌덩이

산책을 나가는데
아파트 담장을 등지고 소년이
작은 피켓을 들고 서 있다

소년 등 뒤로 지나가다가
문득 궁금하다
뭐라고 쓰여 있는 걸까
혹시 선영아, 사랑해 이런 문구인가?
아직 채 초록이 물들지도 않은 듯한
소년이기에 속으로 피식 웃는다

공원을 두 시간쯤 돌고 돌아오는데
어라, 아직도 소년이 피켓을 들고
그 자리에 그대로 서 있다

그냥 아까처럼 뒤로 지나가려다가
앞으로 가 피켓을 슬쩍 본다

때리고 쫓아낸 아버지를
규탄합니다

>

가슴으로 쿵 돌덩이가 떨어진다

총각김치

'가을이 타고 남은 재'라는 제목과 함께
풍경 사진이 전송 되어 왔다

이제 가을이 가고 있다고
연신 지인들이 여기저기서
단풍과 함께 빨갛게 물들고 있다
이유 없이 자꾸 젖어 들고
구멍 나려는 마음을 꾹 누르며
마트에 간다

총각김치 담기 딱 좋은 햇살이다

알타리무 세 단과
가을 쪽파 한 단을 산다
무를 다듬어 소금에 절여 놓고
쪽파를 다듬는다
왜 이렇게 매운 거야?
쪽파 껍질을 벗겨 낼 때마다
스르르 눈물이 흐른다

>

벗겨진다는 건
벗는다는 건 늘 아린 일이다
단추를 처음 풀던 첫날밤에도
눈물을 찔끔 흘렸다
사랑의 시작도 끝도 그렇게 매운 것

가을이 타고 남은 재처럼
새빨갛게 물든 무
눈물로 버무렸으니 맛은 있겠다

분갈이

화분 하나를 들였다
목이 길고 초록이 짙은 여인초를
네모난 화분에 옮겨 심으며
가는 가을에게 이별을 고한다
이별만큼 사랑은 언제나 진부하고 저리다
화초의 초록과 물방울과 흙을 만지는 건
햇살이 덥석 유리창을 베어 무는 일이다
신문을 펼치고 그 위에 시간을 쏟는다
덤불과 구름을 골라내고
싱심한 누런 잎을 떼어 내어
다시 화분에 흙과 적당량의 눈물을 넣고
화초의 중심을 잡아 톡톡톡 노크를 한다
더 깊게 더 깊게 시간이 덮이고
화초의 뿌리는 아래로 숨는다
엉겁결에 따라온 먼지 한 줌이 가슴을 덮는다
흙 속은 침묵이고
흙 위는 스산하다
거르지 않고 먹는 저녁밥처럼
슬픔을 씹는다
수백억 광년 전부터 묵묵하기만 했을

화초의 초록을 부러워하며
초록색 양말을 신는다
여전히 사람인 슬픔 하나가 화분을 쏟는다

자이가르닉

잠을 깬다
마치지 못한 이별이 먼저 환하게 불을 켠다
잠을 잔다
완성하지 못한 시가
잠의 세포들을 톡톡 뜯어 먹는다
다시 잠이 깬다
작은 등대 모양의 캔들에 불을 당긴다
사방은 검고 불빛은 호수 속 별 같다
찻집에서 들여다보던 네 눈동자처럼 깊고
천장이 둥글고 창문이 넓은 낯신 방에 누워
상처를 초콜릿처럼 녹여 먹던 밤처럼 달다
미완성으로 태어나
미완성으로 살다가
완성하지 못한 시를 쓰다
이별마저 완성하지 못한다
버려진 외투와 버려진 운동화도
완성하지 못한 이별 때문에 가렵다
죽음이 삶의 완성인 것처럼
이별이 만남의 완성일 거란
미완의 두 문장을 노트에 적고

다시 잠을 잔다

사는 게 죽는 거란 꿈을 꾸다
울었던가 웃었던가

혀를 가둔다

시골에서 가져온 거라며
달빛 닮은 사람이
봄나물을 한 아름 놓고 간다
가지런한 초록에서 간간이
새소리가 들릴 것 같아 귀 기울인다
큰 솥 가득 물을 끓이고
달을 데치듯 초록을 데쳐
햇살을 끌어다 눕힐 때처럼
채반에 소복하게 눕힌다
소금 미늘 깨소금 들기름 같은 건
어쩐지 네 이름과 닮았다
나를 부르거나
너를 부를 때처럼
살짝 조몰락거리다 입속에 넣자
아삭 씹히는 봄

오래 입속에 물고 있고 싶은 이름처럼
초록이 혀를 가둔다

찬밥

밥을 먹는데
목에 울컥 걸리는 게 있어
삼키지 못하고 오물거립니다

물 말아 다시 한 수저 뜨면
밥알 사이사이에
한 수저 가득한 얼굴
여전히 입속으로 따라 들어옵니다

늘 남은 찬밥을 드시던 엄마

차마 삼킬 수 없어
그만 수저를 내려놓았습니다

죄가 쌓이다

나뭇잎을 밟는 것도 죄가 된다면

올가을
설탕 같은 죄를 짓는다

은행나무, 플라타너스, 감나무
그들의 버석한 살점들을 무수히 밟으며
노래를 부르거나
그 위에 조각배처럼 멈춰 서서
별을 따기도 한다
때론 가느다란 나뭇가지에 잉크를 찍어
부치지 못할 편지를 쓴다
어느 날엔 나뭇잎보다 더 짙은 상심을 풀어
구멍이 숭숭 뚫린 벌레 먹은 문장을 짓거나
온몸에 덕지덕지 절망을 칠하고는
그들처럼 아래로 더 깊은 아래로 추락한다

붉거나 노란 나뭇잎 사이에 슬몃 누워
누군가 밟고 지나간 창문을 열어 놓고
가만 눈을 감는다

죄의식도 없이 문장 한 줄씩 버릴 때마다
바스락 가슴에 금이 가는 소리

가을이 읽다 만 니체처럼 두꺼워질 때마다
아무도 모르게 여기저기 수북하게 쌓이는 죄

잠깐만요, 비밀인데요

바람이나 나뭇잎을 세며 걸어요
젖은 구름이나 살찐 해를 베어 물고 걷기도 합니다
발등 위로 빗방울 상처처럼 떨어져 굳어도
성급하게 눈물짓지 말라는 조언을 떠올리며 걷지요
걷다가 강을 만나면 물 위를 걷는 것도 간단하답니다
주머니 속에 두둑하게 넣어 둔 기억과
아껴 둔 체온을 내려놓고 걸으면 되거든요
마음이 가벼워야 발목이 물에 잠기지 않아요
가끔 하늘을 올려다보기도 하지요
하늘에던 실컷 그림을 그릴 수가 있거든요
고흐가 즐겨 쓰던 물감이 없어도
클림트의 황금빛 색감이 부족해도
손가락만으로 구름만으로 무엇이든 그릴 수 있지요
이름도 쓸 수 있어요, 한번 해 볼래요?
하지만 끝까지 걸어야 한다고 섣불리 결심하지는 마세요
그저 걷고 싶을 때까지만
구름이 아무런 글자가 될 수 없을 때까지만 걸으세요

잠깐만요, 비밀인데요
길을 걷는다는 건 누군가를 사랑한다는 겁니다

향香

눈을 꼭 감고
수건에 한 겹 고요를 더 얹고
황토로 뒤덮인 찜질방에 눕는다

사람에겐 누구나 슬픔 하나씩 있는 것처럼
뼛속 깊숙이 향 하나씩은 품고 있나 보다

누군가 일어나 나가는데 오이 향이
또 누군가는 바다 향이
풀잎 향, 박하 향, 가만 이건 커피 향……

일어나 나가려다 주춤 망설인다

바라건대 시향詩香이나 한 줌 부스스 날렸으면

파타야의 달

택시를 타고 35.97km 달리고
다시
비행기로 2304mile 날았다
안개도
12월과 영하의 날씨도
레미제라블도
먹다 만 두부 반 모와
쓰다 던져 둔 시도 모두
309호에 그대로 두고 떠나왔다

파타야에 도착하자마자
브래지어를 풀고
가벼운 반바지와 원피스를 꺼내고
컵라면과 블랙커피와
깨질까 봐 신중히 포장한 시집 한 병과
구겨진 소주 몇 권을 차례로 꺼냈다
이것뿐이다
떠나올 때 가져온 건 이게 전부다

발코니 창문을 여는데

서랍 속에 꾹꾹 눌러 넣어 둔 얼굴

어디에 묻어서 여기까지 따라온 걸까

낚다

하늘이 한 점 남김없이
바다에 빠져 있다

낚싯대를 길게 늘려
케미라이트를 달고
떡밥을 달고
가장 뾰족한 끝에 나를 꿰어
하늘 한복판에 슬쩍 던진다

풍덩, 귀가 시린 굉음을 깨고
물감 같은 고요를 풀어 주는 물살

찌가 흔들리고
힘껏 들어 올린 낚싯대 끝에
대롱대롱 딸려 오는 물방울

그건 눈부신 비늘로
가끔씩 심장을 찔러 대는 눈빛이다

마늘 까기

마른장마라고
깡마른 여자가 최선을 다해
기상정보를 알려 주는 날,
햇마늘을 깐다
겉껍질, 속껍질을 벗겨 내는데
맵다가 아리다가 마침내
손가락 끝이 쓰리다
세상을 살아가는 일에 최선을 다하면
물집이 잡히고 눈물이 나는 일인가
식구도 많지 않으면서
먹을 일도 별로 없으면서
마늘 한 접을 사다 놓고 진저리를 친다

평생을 자식들 속껍질, 겉껍질을
반질하게 벗겨 내느라
물집투성이가 된 엄마 생각에
밀어 두었던 마늘을 다시 깐다

마늘의 하얀 속살이
엄마의 아린 뼛속 같다

버리려고 해서 미안해

줄어든 식솔들 때문에
까딱하면 쌀벌레가 살림을 튼다
벌레는 싫으므로
독설毒舌처럼 꾸물대므로
쌀 항아리에 쌀을 탈탈 털어
이젠 냉장고에 보관한다
주방 한켠에 동그마니 놓인
빈 항아리를 볼 때마다
식구를 잃은 그 처지가
한없이 측은해
오가며 한 번씩 쓰다듬는다
설레지 않는 순간
옷도 가구도 때론 사람도
과감하게 버려야 한다지만
버릴 수 없는 것도 분명 있다
사랑하지 않아 설레지 않는 것보다
익숙해서 때론 덜 설렐 뿐
가끔 만져 주고 눈길 주며
다 버릴 순 없는 거라고
일기장에 명료하게 적어 놓는

밤이 필요하다

적당히 둥글어서 푸근한 쌀 항아리에

프리지어 한 다발을 꽂는다

오랜 세월 품고 있던 쌀 대신

꽃을 들인 항아리가

배시시 웃는다

버리려고 해서 미안해

비법

익을 쓰려고 하는데
이를 쓰고는 글자가 멈춘다
만년필 속을 열어 보니
잉크가 다 닳았다
심오하게 잉크를 주입하다가
와락 손에 엎질렀다
순간이다
양파를 썰다가 손가락을 베일 때처럼
순식간에 푸른 피가 번진다
시詩를 필사하고 있있을 뿐인데
푸르러진 손가락
바다가 일렁이는 손가락을
물끄러미 내려다보는데
기분이 좋다
상처도 아니고
욕도 아니고
칭찬은 더더욱 아니지만
푸르게 물든 손이 물고기 같다
세면대로 가 거품을 내자
푸른 바다가 우르르 밀려나온다

곧 물고기도 튀어 오른다

오늘 또 하나 알았다
바다가 되는 기막힌 비법을

우체국 가는 길

우체국 가는 길은 네게로 가는 길
가까워도 먼 길이다

은행나무 잎이 있거나 말거나
지워지지 않는 얼굴 하나
가지 사이에 촘촘하다
음표가 없어도 춤추고 싶어지고
아직 별이 없어도 길이 익어 노랗다

손바닥만 한 엽서 한 장 들고
우체국 가는 길
빗방울 닮은 사람 기다리지 않아도
안부가 전해질 것 같아
골목길 돌아 돌아 무작정 간다

가까워도 멀고
멀어도 한 뼘뿐인
노란색 발자국 수북한 길

>

우체국 가는 길은 네게로 가는 길

가깝지만 하늘 끝 먼 길이다

오이지 담그기

오이 100개

소금 2킬로

설탕 2킬로

식초 1.8리터

소주 한 병

차례대로 비닐봉지에 넣고 잘 묶어 둡니다

아침에 한 번 저녁에 한 번

툭툭 흔들어 주고 관심을 보여 주면 됩니다

초록색이던 오이가 이삼 일 지나면

수줍은 듯 노르스름해지며

마음부터 익기 시작합니다

나를 봉지에 넣고

빗방울, 음표, 별을 넣어

골고루 섞은 다음

아침에 한 번 저녁에 한 번

눈 맞추고 안아 주실래요

>

단언컨대,

아삭아삭하게 잘 익을 겁니다

보험

보험을 빠르게 발음하면 봄으로 들린다

낯설고 선뜻 정이 안 가던 단어가
갑자기 따스해진다
이기적이고 눈치 빠르고
손해는 절대 안 볼 것 같은 차가운 단어
암 보험 생명 보험 상해 보험
요즘은 그 단어 속에 음모와 살해까지 스며 있어
남편도 아내도 못 믿을 세상이라고
가끔 뉴스가 어지럽다

무슨 똥배짱인지는 몰라도
여태 보험을 들지 않았다
가진 건 없지만 아파도 별로 겁이 나지 않는다
사고나 병으로 죽음에 이른다 해도

햇살을 차곡차곡 불입해 주는 봄이 있기 때문

제4부

견디는 일

잘 견딘다는 건
기다릴 줄 안다는 거다

누군들 제 살점을 도려내고 싶겠는가
나무가 낙화를 견뎌 열매를 맺듯
버리는 건 잊는 게 아니라
끊임없이 기다리는 거다

멀어진 등을 바라보며 울었던 건
잊으려는 게 아니라
잘 견디려고
굵은 눈물 낙화로 떨구며
몸속의 기억들 하나씩 버리는 일

하얀 발자국을 바라보며 서 있는 건
훌훌 털어 버리려는 게 아니라
끊임없이 기다리고 있는 거다

그렇다고 믿는 거다

경고

눈이 내렸다기에 새벽 일찍
발끝을 세워 11층 아래를 내려다봤어요

올겨울, 아직 펄펄 내리는 걸 본 적 없는
눈이 보고 싶었거든요
결국 자는 동안 내려와 어둠을 훔쳐 또 달아났군요
나무를 지키다 쫙이 떨어진 별들은 봤을까요?
얼어서 더 단단해진 달은 봤을까요?
건널목의 신호등은 분명 봤을 것도 같네요
기다림에 익숙한 습성으로 날을 새나가 말이죠
밤새 눈은 음표 위에도 내렸나 봐요
선율 위에서 눈을 밟는
발자국 소리가 설핏 들렸거든요
TV속 아나운서가 또박또박 경고합니다
“밤사이 눈이 내려 거리가 얼고 있으니 조심하십시오.”
망각의 키만큼 쌓인 눈 때문에
입술을 움직일 때마다
하얀 눈이 뿜어져 나올 것만 같아요
눈이 뿜어져 나오면
섣불리 말해 버릴 것 같아 또박또박 경고합니다

>

아껴 둔 맘이 있다면 그대로 속에 넣어 둘 것,

꺼내는 순간 바로 얼어 버리니 조심하십시오

보내 주자

빨간불이 켜졌다

자동차가 멈추었고 습관처럼
차창 밖 나무들을 읽는다
시집 속의 글자처럼
무수히 떨어져 있는 마른 잎들

줄지어 서 있는 가로수 사이
딱 한 그루
아직도 온몸에 다닥다닥 마른 잎들을
달고 서 있다
누렇게 색이 바래고 구멍이 숭숭 뚫린 채

똑같은 눈물과
똑같은 햇살의 조율과
한결같이 날라다 주는 소문 속에서
어찌 혼자만 떨구지 못하고 있는 걸까

이제 너무 늦은 가을이야

>

보내 줘, 보내 주자

탈탈 몽땅 털어 버리자

고마워

예순 살쯤은 되었을 사내가
햇볕 좋은 식당 한켠에서
아이가 된 노모老母와 밥을 먹는다

김치만 먹지 말고
이거 좀 드셔 봐
생선 살을 집어 노인 입에 넣는다
고마워
자 밥 들어갑니다
고마워
아~~ 해 엄마
고마워
이건 꼭꼭 씹으세요
고마워

배시시 웃는 노인은 늙은 아들에게
연신 고맙단다

낯선 모자母子의 순한 목소리 가까이로
햇살들이 바글바글 모여들고

저쪽 끝에서
밥을 먹고 있던 난 울컥 목이 멘다

엄마, 고마워요
아직 내 이름을 기억해 줘서

이끼

바위가 흐른다
아래로 아래로
물의 살결을 기억하며 흐른다
잊을 건 잊고
버릴 건 버려야 한다는 걸 알면서도
찰싹 붙은 인연을 떼어 내지 못하고
몸속 물처럼 뜨겁게 흐른다
밤이면 달빛에 기대 웅크리고
발톱이 부러지도록
뿌리를 내리는 푸른 녹
바위가 흐르다 멈춰 선 자리마다
오래된 전설들이 푸르게 번진다

노부부가 불편한 몸을 서로 기대고
산책을 하고 있다
손을 꼭 잡고 걷는 뒷모습에서
세월을 견뎌 낸 물소리가 들린다

두 분의 등에 이끼가 파랗다

낚시詩

목소리를 낮추고
자세를 낮추고
오로지 호수 한 곳만 바라본다
누군가의 이름을 던져두었거나
빗방울에 쓸려 온 발자국이 묻혀 있는 곳
짧거나 긴 시간을 잘게 다져 견디며
생각조차 움직이지 않게
머리카락과 함께 묶어 둔다
물살에게도
어제에게도
나무에게도 말 걸지 말기
겨울과 봄의 세 뼘 혹은 네 뼘쯤의
간극만을 조율하며
최대한의 골몰을 시선의 끝에 매단다
움찔, 정교한 움직임에
낚아챈 아득한 낚싯대 저 끝

정적을 헤치고
비늘 돋은 달빛 한 줄,
푸드덕 날아오른다

죄와 벌

분명 사월인데
빈틈없이 눈 덮인 하얀 산을 본다
내가 눈[雪]이 되어
너와 하나가 될 수 있을 거라고
카즈베기산* 어딘가에서
자꾸 소리를 보낸다
프로메테우스가 불을 훔친 죄로
벌을 받아야 했던 산
산 아래서 눈[雪] 때문에 설레고 있는
난 더 큰 벌을 받아도 좋으리

써지지 않는 시를 쓰는 죄
툭하면 물을 엎지른 죄
용서하지 않고도 웃어 준 죄

날 위해 프로메테우스는
독수리에게 간을 내주었고
널 위해 나는
엉성하게 쓴 문장을 내놓는다

>

안녕, 프로메테우스

이제부터는 용서하고 나서야
비로소 웃을 것

* 카즈베기산: 코카서스 3국 중 조지아에 있는 산.

칩거

하루가 이불 속에 있다
오지 않는 꿈에 좀을 슬어 놓고

완두콩을 넣은 밥에 김을 싸 먹고
노트북을 켜 놓고는
세수를 한다
이를 닦고
유리창은 귀찮아서 어제가 묻은 그대로 둔다

로맹 가리를 빼고 에밀 아자르를 넣고
문장을 압축하거나 행을 바꾸거나
기지개를 켠다

빠르고 정확하게 지나가는 하루 중
커피를 내리고
다시 청국장에 비벼 저녁밥을 먹고
티브이 채널을 돌린다

속옷과 손수건을 거품을 내 빨면서도
연신 꽃밭을 허물거나 뒤란을 이리저리 옮긴다

베란다로 나가 별을 살피고
죽은 노트북을 흔들어 깨운다

안부는 최대한 멀리 접어 두기로 한다

창문마다 글자들이 질문처럼 돋는다

글자들이 창문에 별처럼 떠 있는
헤이리 찻집에 앉아
빗방울의 간격을 재고 있는 오후

컵의 오목함이 젖가슴이라 말한 적 없는데도
그 속에 가득 물이 고인다

책장을 넘길 때마다
금붕어가 춤을 추듯
문장들이 입속에서 춤을 춘다
옷을 벗고 머리를 풀고
손톱을 버린
2연과 3연이 혀를 물고 입을 맞춘다

시가 다 읽혀지길 바라지 않는 비가
무량하게 발자국을 지운다
하필 그때 흐르는 노래가 너였다

시를 다 읽고 나면
비가 그치고

하얀 컵 속에 젖가슴이 줄어들고
더 이상 너인 노래가 들리지 않을 테니
책장에 오늘을 넣고 페이지를 덮는다

창문마다 다시 글자들이 질문처럼 돈는다

시집 속엔 이제부터
나와 남자가 부른 노래가
숨을 고른다

궁금한 게 많은 사과는 붉다

제 스스로 햇살을 끌어
어떻게든 몸속에 집어넣는
분주함의 색은 붉다

누군가에게 까이거나 쪼개지면
무심한 척 하얀 속살이지만
곧바로 녹물이 배는 어쩌지 못하는 상처
접시 위에 깎인 사과는 녹으로 야윈다

간혹 붉거나 노랗게 혹은 보라색으로
멍든 가슴을 누르고
마냥 행복한 것처럼 태연하게 웃지만
상처의 색은 녹과 같다

사과는 그대로 두면 둥글다
사람도 멀리서 보면 모두 둥글다

속은 겉과 다르다
그러니,
함부로 사과 껍질을 깎지 말 것

>

궁금한 게 많은 사과는 붉다

꺾어진 년

지인 둘과 시흥 관곡지에 갔다
가을바람이 불고 연들이 꺾이고 휘었다
연꽃밭에 가득했던 꽃들도
그 잎들의 푸름도 모두 숨어 버린 계절
다시 오지 않을 듯 사방이 희망 없는
갈색 물감으로 얼룩져 있다
간신히 푸름을 버티고 있는 물칸나와
몇 송이 수련을
허리를 꺾고
목을 쭉 빼고 끝없이 들여다본다
낡고 주름진 세월이
기울고 퇴색한 시절이
식물이나 사람이나 서럽긴 마찬가지다
지인 한 명이 연밭을 가리키며
바람보다 조금 큰 목소리로 외친다
와, 꺾어진 연도 예쁘네!

늙고 꺾어진 년이 일어서며 슬몃 웃는다

기다리기

햇살이 도토리묵같이 말캉한 날
자두나무를 심는다
삽으로 흙을 파고
견고한 땅에 말을 건네며
나무뿌리를 똑바로 앉힌다
다시 흙을 덮고
책장을 넘길 때의 설렘을
뿌리에 골고루 뿌려 준다

노란 연필을 여러 번 깎다 보면
비가 내리고
여름과 몇 번의 봄이 오고 또 가면
잎이 나오고
소리가 꼬물거리고
환하게
단내 나는 햇살이 반짝,

어느새 입속에서 자두가 부풀고
새콤한 단물이 한가득하다

라르고

길을 걷다 보면
하늘을 만질 수 있을 것만 같다
가끔 구름이 목덜미에 감기고
연신 귓가에 스미는 음표들이
천천히 혹은 빠르게 움직이곤 한다
몸 가장 은밀한 곳에 닿아 스밀 때도 있다
걸어도 길은 걸어온 길보다
저만큼 더 길고
울어도 늘 차오르는 눈물처럼 신기하다
걸을 땐 생각 같은 건 접어 두고
귀에 꽂은 음악과
발걸음만 쭉쭉 앞으로 내딛으면 충분하다

걷다 보면 다 버리고 다 주고
다 용서할 수 있어 가벼움이 무한하다

걷고 또 걸으면 언젠가
닿을 수 있는 것들
부평공원을 지나 철길을 지나
11,859 걸음 끝엔 아직 아무것도 없다

곧 만질 수 있을 것 같았던 하늘도
저만치 더 멀어져 있다
내일 또 내일도 다시 걸을 거다
하늘도 너도
손 뻗으면 만져질 거리에 분명 있으므로
걷다가 가끔씩 몸을 흔들며 그냥 웃는다

라르고!

페르소나

꽃들은 항상 웃고
바이올린은 항상 노래한다고
생각하는 건 무모한 추측이다

꽃대가 썩거나
물기 없이 바싹 마른 허공에선
꽃도
바이올린도
속으로 속으로 울 때가 있다

환하게 웃고 있는
사람일수록
그 속에 넣어 둔 아픔이 크다

웃기는 짬뽕 같은

변기에 앉아
핸드폰 속의 노트 창을 연다
밀어내기에 힘쓰다가
어쭙잖은 쥐어짜기를 한다
썩은으로 할까
곪은으로 할까
다시 웃기는 짬뽕 같은 정진을 한다

똥 한 번 쌀 때마다
시 한 편 쓸 수 있다면
적어도 하루에 한 번은 볼 일을 보니
일 년에 365변은 완성하겠다

이거 봐라, 난 결국
365편이 아닌 365변만 보고 만다

엄마, 미안해

새해 첫 번째로 하고 싶은 일이
엄마와 둘이 영화 보는 거라는 아들의 말

풍경 소리 같다거나
파도 소리 같다고 차마 말조차 못하고
가슴이 설렌다

누구나 쉽게 할 수 있는 일도
때론 내겐 형용할 수 없이 보석 같은 일

아들 옆에서 영화 보는 내내
나도 엄마 생각이 솔솔 난다

한없이 무심하기만 해서
엄마, 미안해

해 설

초록색 목소리가 흘러나올 것이다

김재홍(시인, 문학평론가)

한 사람이 있었다. 그는 어릴 때 척추를 크게 다쳐 평생 장애를 가지고 살았다. 신체적 결손이 그의 내면에 드리운 그늘은 그 깊이를 알 수 없었다. 형용할 수 없는 상처와 형언할 수 없는 고통이 마음속 깊이 배어들었다. 한 사람의 육체가 이 지상을 살다 가는 동안 그 영혼에 맺힌 수많은 이슬방울은 닦아도 닦아도 닦아 낼 수 없었고, 햇볕이 들어도 마르지 않았다. 마침내 그는* 울분을 토하듯 비명처럼 몇 편의 시와 소설을 남기고 떠났다.

다른 한 사람이 있었다. 그는 '1월 20일' 산으로 갔다. "무심히 길을 걸었다. 그는 때로 오르막길을, 때로는 내리막길

* 안학수 시인.

을 거침없이 걸었다."* 산봉우리와 고지대의 눈 덮인 벌판을 산책하면서 피곤하다는 느낌은 전혀 없었지만 '물구나무서서 걸을 수 없다는 것이 가끔 불편'하기는 했다. 하지만 안개가 숲을 삼켰다가 곧 거대한 모습을 드러낼 때 그의 가슴은 답답해졌다. '가슴속에서 치밀어 오르는 그 무엇' 때문에 무언가를 찾아 헤매었으나 아무것도 찾을 수 없었다.

가끔씩 거친 바람은 골짜기 속으로 구름을 몰아넣었고, 바위들 곁에서는 멀리 사라지는 천둥 같은 소리가 났고, 구름 틈새로 햇빛이 나와 번쩍이는 칼을 눈 덮인 들판에 휘둘렀다. 그 속에서 그의 가슴은 찢어질 것 같았다. 길을 멈추고 숨을 헐떡였다. "그는 몸을 쭉 뻗고 땅 위에 누웠다. 우주 속으로 헤치고 들어갔다. 고통이 기쁨이 되었다."

한 사람의 분열된 내면은 이처럼 예측할 수 없는 우발적인 상황의 연속으로 드러났다. 그런 것이다. 시란 어떤 결핍의 공간을 찾아드는 예술이다. 결핍의 충격이 크면 클수록 시적 민감도는 높아진다. 결핍을 파고드는 형식은 분열자의 그것과 같다. 분열적 작동 방식이 합리적 언어 구조로 정착되는 과정이 시적 형식이다. 예측할 수 '없음'이 시의 형식이 '되는' 모순이 오히려 공준이 되는 '이상한' 양식이 서정시다.

* 야콥 렌츠(Jakob Michael Reinhold Lenz, 1751–1792)는 독일 '질풍노도' 시기의 중심적 극작가로 정신 질환이 발병해 목사 오벌린의 집에 머물렀지만, 여기저기 떠돌다 1792년 모스크바의 거리에서 시체로 발견되었다. 게오르그 뷔히너는 오벌린의 일기를 토대로 단편소설 「렌츠」를 썼다. 게오르그 뷔히너(Georg Büchner, 1813–1837), 「렌츠」, 『보이체크』(이재인 옮김), 더클래식, 2015.

고경옥 시인은 말한다. "영정 속에선 여전히 바다가 파랗다"(「영정 속 아버지」) 이렇게도 말한다. 견디는 일이란 "몸 속의 기억들 하나씩 버리는 일"(「견디는 일」)이며, 비 오는 날의 시는 "창문마다 다시 글자들이 질문처럼 돋"(「창문마다 글자들이 질문처럼 돋는다」)게 한다. 그러므로 시인은 어떤 예지적 존재이다. 그는 예측할 수 없는 것을 인식할 수 있고, 불가능한 것 속에서 가능한 것을 발견하며, 혼돈 속에서 질서를 찾아낸다.

붉게 더 붉게

세계에 대한 비극적 인식을 비극적으로 표현하지 않는 데 고경옥 시인의 시적 비의가 있는 듯하다. 결핍과 분열증적 속세간을 살며 그것들의 양상을 예민한 감각으로 파악(prehension)하면서도 그것과 상반되거나 역전시켜 드러내는 기율이 돋보인다. "뒤척이며 쓴 편지들은 모두 붉은 거"라고 말하는 「붉게 더 붉게」 속의 꽃게와 새우는 고경옥 식 역설의 전형적인 양상이다.

> 꽃게와 새우를 먹다가 문득
> 바다를 통째로 먹고 있다는 생각이 든다
> 꽃게 살을 발라 삼킬 때마다
> 새우 껍질을 까 입속에 넣을 때마다

점점 배 속이 영종도나 무의도가 된다
가끔은 파도에 쓸려 간 발자국까지 밀려나온다

곧 인어나 용궁의 소식까지 도착하고
어부가 빠트린 실패한 사랑이
수면 위로 떠올라 출렁거리기도 한다
시월엔 꽃게나 새우쯤은 먹어 줘야 한다며
한 아름 바다를 들이미는 사람

꽃게의 붉은 등딱지를 떼어 낼 때마다
새우의 붉은 껍질을 깔 때마다
그들은 왜 모두 붉은가 잠깐 골몰해 본다
파도를 헤치고 왔으므로
깊은 수심을 품었으므로
뒤척이며 쓴 편지들은 모두 붉은 거라고
혼자 끄덕거린다

부딪치고 견딜 때마다 붉어지는 나처럼
사랑한다고 몸서리칠 때마다 붉어지는 나처럼
통증은 아물 때 붉어진다
사랑은 머물 때 붉어진다

혹여 꽃게나 새우를 먹을 때
바다가 보낸 편지라는 걸 눈치챘다면
천천히 읽으며 답장을 써야 할 것

붉게 더 붉게

—「붉게 더 붉게」 전문

꽃게와 새우는 왜 붉은가. 그것들이 살았을 때의 색조와 대비되는 '붉음'의 농도가 '영종도'나 '무의도'의 어떤 표정을 드러내고, "가끔은 파도에 쓸려 간 발자국까지" 밀려 나오게 한다. 붉음에는 '인어'와 '용궁'이 있고, '실패한 사랑'이 있다. 꽃게와 새우가 짓쳐 온 수심과 파도는 이들의 몸속에 진홍색 빗금을 그어 놓았으므로 "모두 붉은 거라고" 시인은 혼자 끄덕거린다.

결핍은 붉음에 있고 통증도 거기에 있다. 역설도 붉음에 있고 사랑도 거기에 있다. "통증은 아물 때 붉어진다/ 사랑은 머물 때 붉어진다". 붉음을 통해 생의 비의를 깨닫는 시인은 그러나 값싼 울음을 울지 않는다. 손쉽게 초월적 세계로 도피하지도 않는다. 바다가 보낸 붉음이라는 편지의 의미를 모르지 않으면서도 시인은, "천천히 읽으며 답장을 써야 할 것"이라고 말할 뿐이다.

그러므로 '붉게 더 붉게'의 메시지를 더욱 선명하게 표현하려면, 붉게 '더' 붉게라고 표기해야 한다. 생명(죽음)의 순환 속에서 파도와 꽃게와 새우와 영종도와 무의도의 붉음은 결코 끊어지지 않는 자연의 이음새를 따라갈수록 더욱 붉어진다. 그 붉음 안에는 우리가 흔히 비극적이라고 말하는 수많은 사건들이 함축되어 있음은 물론이다.

서랍 속에 넣어 두었던 말들이
눈이 되어 내리는 날
비문투성이의 발자국들이
길 위에 가득하다
철자나 띄어쓰기가 뒤엉킨 채로
문장들이 휘날리다가 허공에서
주춤 멈추기도 하지만
빠르게 발등이나 보도블록 위에서
쉽게 잊힌 약속처럼 녹는다
누구도 알아채지 못한 글자들이
집중하거나 골몰하지 않아도
유난히 선연하게 보이는 오후,
길 위에서 울고 싶은 걸 참느라
오른쪽인지 왼쪽인지 모를
가슴팍 어딘 가쯤이 뜯어지면서
실밥이 터진다

눈이 내리는 건 숨겨 둔 말들이 떨어지는 것

가차 없이 부딪쳐 피 흘리는 상념
그 하얀 피가 너라고 일기장에 썼던
붉은 밤들이 한꺼번에 휘날린다

길을 걷다가
미처 읽지 못한 문장들이 쏟아지는 걸

우뚝 서서 오래 읽는다
흐려진 눈을 씻고 그 하얀 피를 만지며
먼 곳의 눈[目]을 읽는 눈 내리는 오후

—「눈 내리는 오후엔 너를 읽는다」 전문

이번 시집의 표제작이자 득의의 작품인 「눈 내리는 오후엔 너를 읽는다」에서도 '붉은' 밤의 정서가 "한꺼번에 휘날"리고 있다. (1) 서랍 속에 넣어 둔, (2) 울고 싶은 (3) 가슴팍 어딘가쯤 뜯어지면서, (4) 실밥이 터지는 '붉음'의 근거들이 마침내 '하얀 피'가 되어 내리고 있다. '너'에게 보내지 못한 숨겨둔 말들이 눈이 되어 흩날릴 때 '나'는 한없는 붉음 속으로 빠져들고 만다. 그것이 "피 흘리는 상념"이다.

무엇보다 이 작품은 고경옥 시인의 언어적 민감성을 유감없이 보여 주고 있다. '말 → 흩날리는 눈 → 비문투성이 발자국 → 문장들 → 녹아들지만 유난히 선연하게 보이는 → 터지는 실밥', 현란하기까지 한 은유와 시각적 이미지들의 연쇄가 매우 돋보인다. 특히 마지막 연 "미처 읽지 못한 문장들이 쏟아지는 걸/ 우뚝 서서 오래 읽는다"에 보이는 빈틈없는 시적 경영은 내면의 '언어'와 외부의 '눈'이 혼연일체가 되는 경지에 도달하고 있다. 「눈 내리는 오후엔 너를 읽는다」는 고경옥 시인의 이번 시집을 빛나게 하는 한 편의 절창이다.

안스리움, 안쓰러움

화면을 가득 채우지 않은 여백에 진정한 의미가 있으며, 그것이 한국화의 맛과 멋이라고들 말한다. 그러나 보여 주지 않아도 보이는 마법 같은 전달력은 회화에 국한된 것이 아니다. 말하지 않으면서도 의미를 전달하는 특유의 시적 기율은 고경옥 시인에게서 더욱 빛을 발한다. '안스리움'과 '안쓰러움'의 의미 연쇄는 그런 점에서 '세계에 대한 비극적 인식을 비극적으로 표현하지 않는' 고경옥식 발화법의 또 다른 양상이다.

> 식물 카페에 갔다가
> 그를 만났다
> 커피 향에 몰입하고 있을 때
> 저만치 왼쪽 탁자 끝에서
> 얼핏 그의 실루엣이 보인다
> 커피 향 따윈 잠시 접어 책갈피에 넣고
> 목을 최대한 빼고 쳐다보다가 일어나 다가간다
> 푸른 잎에 그 잎과 비슷한 모양의 붉은 꽃이
> 막 울고 난 듯 고개를 갸웃거리고 있다
> 안스리움, 그의 이름은 슬프다
> 안쓰럽고 아니라고 해도 한없이 시리다
> 집에 돌아오는 길에 화원에 들러
> 결국 안스리움을 사 들고 왔다
> 우리 둘 중 누가 더 안쓰럽고

누가 더 안 시릴까
당분간 그와 함께 남은 눈물을 흘릴 생각이다

더 이상 자라지도 꽃 피우지도 마라
딱 지금 이만큼만 안쓰럽고
꼭 지금 이만큼만 안 시리다가
나와 함께 가을을 보내자

—「안스리움」 전문

시적 화자는 식물 카페에 가서 '안스리움'을 보았다. 행운과 행복과 풍요를 뜻한다는 안스리움은 그러나 시리고 안쓰럽다. 짐작되는 대로 기표와 기의의 자의적 일치와 불일치가 주는 유희적 착상이 이 작품의 출발점이었을 터이다. 부디 우리 안쓰럽지 말자, 시리지 말자. "나와 함께 가을을 보내자".

그러나 안스리움에 투사된 안쓰러움과 시림의 세목들은 보이지 않는다. 화자에게 무엇이 있어 이토록 처연한 식물과의 교감을 가능하게 했는가. 무엇이 있어 그와 함께 가을을 보내자고 하게 되었는가. 시인이 말해 주지 않아도 우리는 짐작한다. 생명이란 동물도 식물도 곤충도 이끼도 근원적으로 다르지 않다. 우리는 모두 한 생을 살다 가는 유한체이다. 그렇다면, "우리 둘 중 누가 더 안쓰럽고/ 누가 더 안 시릴까"를 자문하는 시인에게도 이미 정답은 주어져 있다.

시월이 가고

겨울이 가고

새해가 왔다고 하더니

어느새 서너 달이 휙 가 버린다

봄날이 삐죽 입술을 내밀 때도

역시 전화벨은 계속 울린다

받아야 해, 되뇔 때마다

여기저기서 전화선이 서로 꼬인다

아파트 방음벽을 타고 오르다

얼어 죽은 담쟁이들을 바라본다

이미 바싹 마른 백골이 되었지만

죽은 힘까지 그러모아 그대로 붙어 있다

어디로, 누군가에게 안부를 전하려고 꿈틀대다

저리 되었을까

오늘 걷다가 보았다

백골 사이에서 빠끔빠끔 나온 새싹들이

햇살을 뜯어 먹고 자라고 있다

한참을 그 앞에 서서 바라보다가

조심스레 만져도 본다

딸깍, 여보세요

곧 전화를 받을 것이고

마른 담쟁이 줄기에 피가 돌며

초록색 목소리가 흘러나올 것이다

전화벨이 울린다

—「발신 중」 전문

여기 또 다른 안스리움이 있다. 바싹 마른 '백골'이 된 담쟁이들, "죽은 힘까지 그러모아 그대로 붙어 있"는 안쓰러운 생명이 "딸깍, 여보세요"라고 말을 건다. 그러나 수신되지 않는 전화는 그칠 줄 모른다. "시월이 가고/ 겨울이 가고" 새봄이 왔다 가도 아무도 전화를 받지 않는다. 그러므로 전화벨은 끊임없이 울린다. 고경옥 시인의 공감 능력은 안스리움에 이어 죽은 담쟁이에게도 "초록색 목소리가 흘러나올 것"이라고 말한다.

그렇다. "죽은 힘까지 그러모아 그대로 붙어 있다" 보면 "빠끔빠끔 나온 새싹들이" 자라나고, 그 소리는 전화를 받는 이에게도 전달될 터이다. 안스리움이 슬픔을 이겨 내고 '나'와 함께 가을을 보내듯, 담쟁이는 "여보세요"라고 말해주는 사람과 함께 새봄의 '초록색 목소리'를 들려줄 것이다.

엄마, 미안해

"참된 미는 대중적인 것이다. 쉬운 것이며, 쉬운 것 속에 모든 심오한 이념과 사상이 압축되고 육신화肉身化한 것이 미의 극치이다"*라는 생각에 공감하는 사람이라면 고경옥의 주옥같은 시편들 가운데서도 빼놓을 수 없는 한 작품을 골라낼 것이다. "엄마, 미안해".

* 김지하, 「참된 아름다움은 대중적인 것이다」, 『남조선 뱃노래』, 자음과모음, 2012., 14쪽.

새해 첫 번째로 하고 싶은 일이
엄마와 둘이 영화 보는 거라는 아들의 말

풍경 소리 같다거나
파도 소리 같다고 차마 말조차 못하고
가슴이 설렌다

누구나 쉽게 할 수 있는 일도
때론 내겐 형용할 수 없이 보석 같은 일

아들 옆에서 영화 보는 내내
나도 엄마 생각이 솔솔 난다

한없이 무심하기만 해서
엄마, 미안해

—「엄마, 미안해」 전문

의미상의 굴절이 전혀 없이 표의가 곧 주제가 되는 '쉬운' 작품이다. 드러난 의미가 주는 윤리적 메시지 또한 너무나 상식적이다. 모자, 모녀 간의 정리에 대한 주장이라면 말이다.

그러나 이 작품의 의미 체계가 쉽다고 하여, 그것의 실천까지 그런 것은 결코 아니다. 현대의 습속으로는 '엄마랑 둘이 영화 보는 게 새해 첫 일과'이기를 바라는 아들은 많지 않을 터이다. 설레며 아들과 영화를 보면서, '아들'이 아니라 자신의 '엄마' 떠올리는 사람도 그닥 많지는 않으리라. 나아가 이처럼 한 편의 매끈한 서정시로 남기는 일이야 말해 무엇하겠는가.

「엄마, 미안해」는 좋은 시란 비장한 사명감과 높은 가치론적 목표를 내세워서야 도달할 수 있는 게 아님을 말해 주는 작품이다. "엄마, 미안해"라고 목소리를 내어 읽어 보면 누구나 알 수 있다. 그 어조와 억양의 변주와 어기의 전개 속에 우리 모두가 공감할 수밖에 없는 공통의 가치가 드러난다.

우체국 가는 길은 네게로 가는 길
가까워도 먼 길이다

은행나무 잎이 있거나 말거나
지워지지 않는 얼굴 하나
가지 사이에 촘촘하다
음표가 없어도 춤추고 싶어지고
아직 별이 없어도 길이 익어 노랗다

손바닥만 한 엽서 한 장 들고
우체국 가는 길
빗방울 닮은 사람 기다리지 않아도
안부가 전해질 것 같아
골목길 돌아 돌아 무작정 간다

가까워도 멀고
멀어도 한 뼘뿐인
노란색 발자국 수북한 길

우체국 가는 길은 네게로 가는 길
가깝지만 하늘 끝 먼 길이다

—「우체국 가는 길」 전문

그렇다면 신체적 결핍 속에서 평생 신산고초의 삶을 살다 간 그와 분열증 속에서 자아와 분리된 육체의 길항을 견디며 살다 간 그 사람의 세계를 비극적이라고 말할 수 있을 것인가. 세계는 비극적인 것인가. 고경옥 시인의 「우체국 가는 길」은 결코 그렇지만은 않다고 말한다. "잎이 있거나 말거나" 가지 사이엔 지워지지 않는 얼굴이 있고, "음표가 없어도" 춤추고 싶은 순간은 있다. 그러므로 생은 "골목길 돌아 돌아 무작정" 나아가는 것이다.

생과 사에 대한 이런 도저한 시적 인식이 있기에 고경옥의 이번 시집은 서정시를 필요로 하는 상처받은 현대인들에게 다가갈 수 있는 것이다. 그것이야말로 "눈부신 비늘로/가끔씩 심장을 찔러 대는 눈빛"(「낚다」)과도 같은 서정의 힘이 아니겠는가.